謹以此詩集獻給
九十六歲的家母
呂淑謙女士

# 頑石也點頭

## 別樣花蓮

夏婉雲

# 推薦序：召喚遊子去而復返的洄瀾

須文蔚（詩人、台師大文學院副院長）

一九五三年，夏婉雲二歲，隨著在空軍任職的父親搬到了花蓮美崙，在面對著機場、田野和遠處的大山大海中，一路從國小、初中到師專，花蓮成為她啟蒙時期灑下文學種籽的土壤。

一九五四年．在美崙的另一側，花蓮中學裡有一票懷抱著文學夢的學生：楊牧、王禎和與葉步榮，經常望著教室外的太平洋，分神於波光粼粼，或以詩，或以小說，或以出版品，使得花蓮讓台灣人難以忘懷。

在楊牧的一九五〇年代記憶中，在花中校園裡，藏有禁書，他有緣讀了沈從文的系列小說與散文。他也與教官對望，忿忿於僵化的語言政策。楊牧更穿梭在教職員宿舍區，看著原本東洋風的日本瓦房，讓中國大陸來的教員改造成朱門高牆的民國風。他開始編詩刊，立志成為詩人，嚮往著遠行。而終究在他漂流海外多年後，壯年時回到故鄉，在東華大學成就了他的文學教育事業。

王禎和總愛說：「我是花蓮人，從小在花蓮長大，十八歲以前，沒有離開過花蓮，所以花蓮的風土景物，在我的童年與少年生活的回憶裡留下了極深刻的印象。」他雖然在台大讀書，長年在航空公司和電視公司任職，但筆下所寫的總是故鄉事。

夏婉雲也是花蓮遊子，回首童年，漫遊故鄉，寫下《頑石也點頭——別樣花蓮》一書，顯然有意另闢蹊徑，以不同的觀點望向眷村與部落，走回記憶中的少女時光，寫下屬於自身的洄瀾，也為讀者開啟有別於其他花蓮書寫的詩篇。

人文地理學家邁克・克朗（Michael A. Crang）就看重文學是建構「地方感」的要素，如果說地理學家記錄人們在地方的生活以及看待世界的方式，藉以保存地方經驗，那麼作家無非也不斷書寫地方，並以具有召喚性的敘述，讓人們得以探查地方的「場所精神」。因此，一個花蓮，本來就應當有萬千種「別樣的」書寫，這也是這本詩集美妙之處。

在〈暮色美崙〉一詩中，媽媽帶著小女孩，沿著花工路低頭挖摘薺菜，回家包餃子吃的氣味，顯然與雙親的鄉愁環環相扣，加上野生的薺菜葉子不多，採摘也不易，瞇眼的神態，也寫出女孩的專注，最後：「張口時／就像吃了春天／一嘴鮮香」，奇思妙想，令人莞爾。在〈天空有盤大雜燴〉一詩中，更把眷村中大江南北的飲食，在黃昏空氣中，因為媽媽們的好手藝，交織出香氣四溢的盛大場面，讓讀者從文字中就享用了一場盛宴。不僅僅風味獨特，詩集中，還有來自眷村孩子的玩耍呼喊，在〈那年代的齬渣——憶防校眷村〉詩中，對照著父執輩離散而難以言說的哀傷，更顯張力十足。

寫飲食的詩作中，〈羊排的琴鍵〉特別動人，詩人的父親晚年一度旅居美國，也樂於享用BBQ，特別喜愛羊排。夏婉雲把烤羊排描寫成一首鋼琴奏鳴曲：「烤醬深褐的油／乖順、慢滴滴　落烤盤／節奏像自由落體的小彈珠」，而啃羊排的父親顯然是個美食家：

他的舌尖　彈風琴般
沿著羊排的琴縫
一階階
一路嚼食下去

而樂音與鍵盤都長存在女兒的記憶中，當讀者從童謠般的旋律中望見這是一首悼亡詩，心中油然升起更為巨大的哀思。夏婉雲的花蓮記憶也與老父親的最後歲月牢不可分，其中特別以〈父親的陂塘〉一詩，寫推著坐在輪椅上的老父遊光復鄉馬太鞍溪，望著大陂塘，光影間流動著湖北故鄉、美崙童年以及當下美景，但憂思來自於環境生態的巨變，台灣的池塘大量消失，正如眷村中的老兵紛紛凋零，而父親的「腦中記憶片片堵塞失守」，一如淤塞的陂塘，確實讓人分外感傷。

在為數眾多的懷舊詩作外，《頑石也點頭——別樣花蓮》中也大量速寫花蓮的風光，無論是部落、海岸或是村落，夏婉雲絕非一般的遊客，她足跡深入鄉間，簡直是一本另類的文學行旅地圖。其中〈參道盡頭——豐田村神社的今日〉寫碧蓮寺，就可以作為見證。這座原本是「豐田神社」的建築，在二次大戰後，村人改建為寺院，改奉祀釋迦牟尼佛，其中鳥居、石燈籠、狛犬及參拜道，都見證了殖民文化與當代文明的混雜，這首看似寫景之作，其實也傾吐了作者後殖民主義的反思？

《頑石也點頭——別樣花蓮》是一本時光之書，洄瀾再次施展魔法，召喚遊子去而復返，匯流記憶與思念的百川激盪匯流，把一度碎裂的故鄉風土人物，重新以詩句縫補成一張魔毯，讀者只消安心乘坐，就會騰空飛起，飛越太平洋上空，穿梭在花東縱谷，回到舊日時光，體會別樣花蓮之美。

# 推薦序：不說遼闊，已遼闊

葉莎（詩人）

談及詩，總有爭論不休的話題，關於詩的定義、詩的結構、詩的意象，什麼是詩？詩是什麼？無論你用哪一個面向來質疑或自問，這本《頑石也點頭——別樣花蓮》已經做了最好的回答！從不花費力氣在詩上爭辯的婉雲，許多年前，在我認識她之初，就被她孜孜不倦的學習精神所感動；這一次她以雙足深入花蓮探索，自眼前的景物，將她的所見所聞以活潑生動的詩風格呈現，既書寫大地山巒也深入回憶的海洋，有時詩句在流逝的時間中穿梭往返，有時站立於深刻凝想的定點，稱她為一位名符其實的「詩的實踐者」一點也不為過。

雖然這幾年來，我偏向生命歷程中苦痛現象和轉化過程的書寫，當然這是因為過了中年，生命深沉的滋味漸次浮現，再者是因為受了佛經及哲學家蕭沆的影響；但讀完這本詩集之後，突然覺得身為一個創作者，深入挖掘生命幽暗的深谷，高舉靈魂的破碎與殘缺是一個書寫面向，若是以更陽光更正向的態度凝望生命中的每一件事物，以一顆感性的心與生活和記憶的核心彼此撞擊互相迴盪，又是另一種動人的書寫面向。

在這一本《頑石點頭——別樣花蓮》詩集中，共分為六個專輯，自輯一花蓮多面向的人文開始，逐步進入原住民部落的生活樣貌，接著聚焦於山和海的凝立與奔騰，婉雲深情書寫朝思暮想的山脈和斷崖，縱谷和稻禾；在輯四裡有對童年的種種懷念，接著我們看到炊煙緩緩上升，透過詩句聞到花蓮食物飄溢的香氣，最後在輯六的船帆搖擺中，跟隨詩句回味一次少年情誼與初戀。

先來談談這首〈頑石點頭——花蓮某寺所見〉（見本書第二十四頁），「頑石點頭」的成語，是出自晉朝《蓮社高賢傳》書中的一段人盡皆知的「生公說法，頑石點頭」的故事。這首詩中，婉雲進入想像的世界，化身為聽法的石頭，起初迷迷茫茫一無所知，第二段甚至心有旁騖，將注意力轉移至白斑石、黑斑石、猴兒、松鼠，在第三段迅速轉入高潮，詩中寫：

「和尚說得神采飛揚／池底的大石突然歡聲　舉起／水中睡蓮／爆裂　千朵／百丈遠的太湖石／溫暖了身旁的桃樹／桃花忽然旋飛如雨落／滿天

氤氳的紅／眾石誠服心悅　紛紛點頭」其實豈止是和尚說法精彩，婉雲在這一段中的書寫尤其生動，大石被歡聲舉起，睡蓮爆裂千朵，桃花飛旋如雨，滿天皆是氤氳的紅；動詞如舉起、爆裂、旋飛，運用得宜，營造的意象，誇飾的空間，讓整首詩有了生命力，其聽覺，視覺，觸覺和內心感知的書寫犀利又俐落。

詩人寫詩猶如在導演一部電影，除了選擇值得書寫的題材，一首詩精巧的佈局和一部電影的情節轉折同樣重要，關係著作品的成敗；在詩的結尾「我是那最冷的／最後點頭的／一顆小頑石」，更凸顯了婉雲真誠的個性，如此謙遜而不造作，古時談觀人：「觀人於臨財，觀人於臨難，觀人於忽略，觀人於酒後。此四觀訣，甚為準繩。」至於觀詩，除了一般我們常常談論的韻律節奏和語言特質之外，我也陋撰四觀如下：「觀詩於格局，觀詩於情緒，觀詩於雅俗，觀詩於技法。」如此四觀，詩人的涵養及詩之高下立見，一笑。

接下來，我想談談〈七腳川勇士歌〉（見本書第七十一頁），這首詩是以日本來台後第十二年發生的七腳川事件為寫詩題材，時日久遠，透過這首詩，再次感受到當時隘勇們不敵日軍，慘遭屠村、遷徙的悲涼。

這首詩分為七段，第一段為詩的前導和說明，「守不住隘勇線的／靈魂們紛紛／從傷痕累累的軀殼脫身了／向微明的遠方／朗朗飄升」婉雲以隘勇的靈魂為主角，以朗朗飄升的靈魂對妻子的指引和交付做為詩的主軸，娓娓道來；後面五段皆是對妻子交代的話語，以魂魄附於鳥魂的一根羽毛飛昇開始；這首詩中運用羽毛來象徵生命之輕與靈魂之飄忽游移，又做為一種對妻子的指引，這指引是無聲而淒涼的，讀來倍感悸動與淒涼。

在《唯識學》中談人類死亡的過程和意識的消亡，提及若在死亡過程中，眾生無法超出輪迴，在斷氣後第四天以後，第六識又恢復清醒，此即中陰身的世界；每一個中陰身都俱足五根，所以再次回到妻子身旁並非虛妄！婉雲這樣寫：「我的妻　請把這根羽毛／往上托／我的魂已化為鳥魂／隨風而起，在前方指引／你就隨羽毛遠走吧」羽毛無力自行飛起，靠的是風的吹動或妻子的手托起，以視覺的引領，生者與亡者的連結，進行一次愛的叮囑。

「記得藏好火種和小米／帶好薄被和鍋子／隨羽毛遠走吧／羽毛飄到哪兒／你就落腳那兒」火種和小米及鍋子為炊食所需，薄被為禦寒所需，亡者已亡，情未亡，對家人依依牽掛。「晚風呼嘯／蒼鷺抖索飛翔／我在夜鷹嗡鳴的盯哨中／守著妳　和幼兒」時間是夜晚，晚風和蒼鷺既是山林尋常情境，更加深淒涼的氛圍，祂要守護妻兒和幼子，如同夜鷹盯哨，絕不馬虎。「星光依稀／請找乾草安歇／我以蘆葦和月光／抵住狼嚎　猿啼」一生時勇士，死後亦是勇士，祂要妻子在星光下尋找乾草安歇，蘆葦和月光都是柔弱無力的象徵，祂卻想用以抵住狼嚎和猿鳴；這裡的安排既淒美又巧妙，蘆葦雖是實物，月光卻是虛體，狼嚎和猿鳴表示只聞其聲，不見野獸；短短四句，不說山林遼闊，山林已遼闊，不說夜路險峻，夜路已險峻。如此將視覺和聽覺互補，詩的表現別出新意。

「明早　再明早／請把這根羽毛往上托／繼續隨羽毛走／繼續開墾繁殖／我的魂將守住妳及家園」詩末，時間已推移至漸近黎明，亡者再次叮嚀妻子要繼續前行，並繼續開墾和繁殖；「此後，我是風，也是雲／我是星星，也是黑夜」！風與雲無處不在，星星與黑夜總和夢相隨，不說守候已守候，這首詩情感的表達和故事的進行皆可圈可點，值得一再品讀。

提及花蓮，總想起詩人楊牧膾炙人口的詩句：「如今也惟有一片星光／照我疲倦的傷感／細問洶湧而來的波浪／可懷念花蓮的沙灘？」然而花蓮除了有迷人的沙灘，還有更多值得深入探索和書寫的內容；身為半個花蓮人的我，對花蓮的情感亦深亦淺，讀婉雲這一本多面向書寫的詩集，讓我以各種角度重新深入花蓮，不禁情感澎湃了起來！

# 名家推薦（依姓氏筆畫排列）

## 以婉約之筆寫花蓮之美

向陽（詩人）

詩人夏婉雲這本詩集《頑石也點頭——別樣花蓮》，以婉約之筆寫童年成長故鄉花蓮，從人文、地誌寫到原住民部落、眷村；也從童年、少女時期的回憶寫到成長後重返故鄉的感受。她的觀察細膩，能掌握花蓮的山海意象，多樣族群文化和人與土地的深刻關係，既能呈現花蓮在台灣這個美麗島嶼中獨具的特殊風貌，也能刻繪對她個人成長和生命影響深厚的懷鄉之情。這本詩集以抒情的筆調、鮮活的意象、深刻的感悟，讓讀者看到一位花蓮女兒眼中、筆下動人的花蓮之美。

## 從小學老師到大學教師

楊昌年（台師大國文系退休教授）

凡走過蘇花公路的人一定都難忘那倚山面海壯麗的風景；還有那純樸的民風；美味的食物……

好山好水的花蓮呵！總是在懷念中催促你再去重遊。

婉雲的創作，詩、文均佳。最難得的是她的勤力持續是為諸生之冠，這一特點使我驚佩。天道酬勤，她的創作日漸豐美可觀。如今新作出版，正是她的勤力、情懷與山城勝景的結合，十分理想。

樂為推介，各位讀者，快去一遊吧！

# 不是頑石卻住著頑童，所以有詩

蕭蕭（詩人）

兒童文學作家、師範學校出身，從小學教師一直栽培自己成為文學博士、大學教授，夏婉雲即使在和尚圍坐池邊為眾石說法的那當下，她想的卻是池底的大石如果突然歡聲舉起，會不會溫暖了身旁的桃樹，會不會桃花忽然旋飛如雨？單單這樣的念頭，一起，就是詩了！

關於花蓮，我們一直唸著洄瀾，踩著大理石，讚嘆太魯閣、立霧溪，想著楊牧、陳黎、廖鴻基，以及他們的鯨豚、海岸線，一直拉到心底。心中住著頑童的夏婉雲，卻給我們「別樣花蓮」，讓我們聞到竹葉香——她童年的外衣——「別樣詩意」。

# 目次

**輯二　窮人的肉：樹豆——原民部落篇**

## 輯三　日光的厚禮——那山那海篇



## 輯四　老屋在海裡——童年少女篇

# 輯一

## 頑石也點頭
## ——花蓮人文篇

桃花忽然旋飛如雨落
滿天氤氳的紅
眾石誠服心悅　紛紛點頭

# 頑石點頭

——花蓮某寺所見

和尚圍坐池邊
為眾石說法
這天竺來的古經
聽得我盡是迷茫
歪頭側想
讓他跌倒的鬼計

和尚侃侃而談
白斑石溫暖了靠過來的猴兒
黑斑石溫暖了靠過來的松鼠

和尚說得神采飛揚
池底的大石突然歡聲　舉起
水中睡蓮
爆裂　千朵
百丈遠的太湖石
溫暖了身旁的桃樹
桃花忽然旋飛如雨落
滿天氤氳的紅
眾石誠服心悅　紛紛點頭

我是那最冷的
最後點頭的
一顆小頑石

註：東晉僧人竺道生，提出「一切惡之人皆得成佛」，即斷絕善根的人也有佛性、也能成佛。為此遭逐出教團十年，眾人傳說：他曾聚石說法，頑石為之點頭。

# 雲端上的鵝

——東華大學湖邊所見

一朵白雲停在湖中
雪白的鵝緩緩步入
舒舒服服的坐在雲上

牠悄悄划動雲朵
切開青山
切開藍天
整面湖泛開人字形水紋

是雲朵送牠上岸的吧
鵝抖抖一身的雪白

午後湖上
又恢復了寧靜

# 道在螻蟻（散文詩）
## ——花蓮城隍廟

住在寺廟木柱裡，每十秒，家就振動一次，這地震我誕生即存在，不知從何而來？一天裡三千六百次的騷擾，有的遠有的近。我忍耐了兩個月，二十多萬次已是忍功的極限。這極限迫使我長翅怒飛，衝出柱去。但見一人跪下，全身朝地面趴去，持木屐的兩手也呼嚕前划，再咕嚕划回，站起，如此反復跪拜。

從高飛處下探，那木屐前划處已成凹槽，且不只兩條，殿宇下遍地皆是！那些凹槽與這金頂碧瓦的寺宇多麼不協調啊，多麼不幸，我家剛好在凹槽邊的柱子裡。我不懂這灰暗長衫和骯髒破敗的你，為何仆倒又站起？聽說你要拜上十萬次？聽說你不遠千里，磕等身頭而來，你，除了目光炯炯，除了瘦黑的意志力，你們一排人都掏空了自己，最後還剩下什麼？即使金頂瓦、紅柱牆、寶玉佛，最後會剩下什麼？

我將高飛翻舞，覓得待嫁娘，隨即另尋新柱，穿牆鑿壁後生蛋，生它千萬個子女，子子孫孫，加上百代千代的高高高曾祖父母，我們擁有兩億年，你們呢？這根紅柱因此遲早是我們的，那根紅柱遲早是我們的，所有紅柱遲早是我們的，就是你、和你們趴下的這排柏木板也是我們的。

上百年後，佛殿會倒下，上千年後，我們將攻下金殿巍峨的三層重簷金頂，綠的、黃的、金的飛簷無不隨我們的薄翼振翅飛下。倒下雕鏤屋柱、倒下精刻窗花、倒下鮮豔的錦繡、倒下繁紋的壁畫，倒下城隍的風華。還倒下你們的畏敬、信仰、和魂牽夢縈！

你們添加一尺，我們鑿穿一丈，你們添色，我們添空。

這整個燦爛都將是我們的王國，你們的廢墟。

# 火紅的未來
## ——松園・神風隊

「出征！」
松濤聲　排山而來
恐懼是松針　刺傷
我的夢魘
松影日日掩蓋身影
不能和家人說
在這千里之外
只敢和慰安說

酥軟如牆上光身的壁虎
我喜歡躺著

看她的雪白
從她頸項下，得見遠處一彎菁華橋
紅豔、靛藍，沉靜一如這邊的百姓

異鄉人像兩隻鳥
她訴說苗栗鋤斧
我編織她的山丘
同棲在顫巍巍的枝幹
降在蒼黃黃的沙洲
相依、將離

未來都是火紅

註：二戰末期，日軍為了對抗美國艦艇，用自殺式飛機從吉安南浦機場出發攻擊美戰艦。傳言日軍行前以松園作為神風特攻隊度假休憩所，園內有慰安婦。

〈松園〉／攝影：夏婉雲

# 武士道

——南埔機場

出征前
恐懼是熱氣流　轟湧上升
他的夢魘　濤聲也掩不住

升旗，賜酒送別
萬旗旌動，出發！
嗡嗡機響　轟隆
他在茫茫太平洋尋找目標

擋風玻璃　貼著情人照
護身符座前輕晃

像她揮別的手

找到敵人軍艦
他在雲層中迅即俯衝
又仰升

如在她體內出入
她要我：
快衝下來
火鳳凰，衝入斑斕
衝向她，解放

想看一眼日本海
只有大浪襲捲而來

瞬間將他掩蓋

## 參道盡頭
### ——豐田村神社的今日

一道晨光
造訪神社
照亮參道路上
一二石燈籠
鳥居則仍籠在霧的輕紗中
茫茫，霧細細縷縷如神降

參道盡頭
霧漸散
赫見
紅璧黃瓦映入眼簾

寺前石狛犬回頭
引路。
瞇眼看屋脊
脊上，晨光開始飛舞
灑在瓦上
有薄亮色光
順手打開了窗櫺眼

和松鼠一起
坐寺前大石
學牠咬嚼樹葉
分享檜木菓
牠們爬下　尖叫不畏人
嘶嘶　嗚嗚
又呼呼噴氣
嗯嗯喊叫

我閉眼　豎耳
滿寺院　雀跳躍
春燕嘰喳聲
遠處犬在吠
聽！早鶯正飛起

〈豐田村・神社参道口〉現狀／攝影：夏婉雲

# 發霉的日子

## ——美崙山碉堡

年少時　美崙山
碉堡　三不五時
有軍人守著
樹枝掩蓋
樹影斑駁成抽象畫
我彎腰偷瞄
窺伺不得

說：阻絕了對岸，狂哮的
海浪，槍口
把海岸圈得正好。

而，你們在密閉空間
似蝙蝠　匍伏

日子
在雨季中發霉
月亮照入堡內
同樣是二十歲
你們青春　鏽蝕了
也挺在那兒
舉高　手臂
爆起青筋

用自己的頻率
圍成一架
升空的機吧！
月亮會

在遠處
燦開

# 拋光舞

——鯉魚潭所見

微醉的夜色　昇起
每隻螢火蟲都聽見了
他們知道
光的祕密
當風　舉起指揮棒
就在紅花中　熱烈演奏

拋起尾尖光棒
飛兩下　接住
再拋光棒　向前接住
在白芒中熱吻

一群光
被他們拋來踢去
鯉魚潭　亮起
這拋光的祕密
山林也幫潭心圍起來
沒讓春光
外洩

註：花蓮鯉魚潭螢火蟲熱季，是三月中旬至四月下旬，我在四月四日尋來。螢火蟲發光是為了求偶，雄螢火蟲和雌的亮出不同的頻率。

〈鯉魚潭・拋光舞〉／攝影：黃義欽

# 鳥巢蕨

——美崙介壽村所見

百年來破瓦上
已長出
炒菜和打罵聲餵養的
一朵鳥巢蕨
散開如花

日月日月
抽乾整座
廢墟
正噴著
青春之火

註：美崙山腳下的介壽村，離我住的影劇四村兩百公尺，已有八十八年歷史的將軍府和介壽村，是保存最完整的日式軍眷村，餘眷村已全拆。許多老同學住此。西側彩繪牆發想自田于妹同學，故事牆勾畫出許多眷村生活的過往。

圖（上）、（下）：〈鳥巢蕨——美崙介壽村所見〉／攝影：田于妹

# 輯二

## 窮人的肉：樹豆
## ——原民部落篇

幸福從不遮掩傷痛
燦與爛
分踞的世界
誰在為誰效勞？

# 貓眼

鐵皮屋水管雜錯
阿公翹腳長凳
抽煙納涼
阿婆路邊彎身
揀菜
黑貓沿著牆頭
一躍而起
兩老的視線追著牠

抬頭
瞄見對岸透天豪宅

一幢幢歐風屋
被高坡遮擋
綠叢中飛出一袖
紅瓦

一樣的雲捲藍天
一樣的山風圍繞
幸福從不遮掩傷痛
燦與爛
分踞的世界
誰在為誰效勞？

黑貓靜靜的
蜷伏
牠從不懂這些
只在悲鳴
老翁抽短的煙

能捲起什麼
故事

註：新店溪碧潭大橋下所見的阿美族溪洲部落。

# 窮人的肉：樹豆Fata'an

開黃色小花
結綠色豆莢
豆莢枯黃即採收
它是窮人的肉
隨意撒　隨意長
牧童　煮好
擱在背袋裡
吃了會發出　不可
不可　不可
屁聲　笑語聲　迴盪在光復山谷

男子吃了追山豬
一整天都有體力
女生吃了　笑盈盈
它叫馬太鞍Fata'an

比黃豆小　通俗　可親
孕婦要生產
煮鍋樹豆湯吧
嬰兒落地後
產婦坐月子
也來碗樹豆湯

別的部落以山
以河命名
馬太鞍先祖移住光復鄉
發現滿坑滿谷的樹豆
笑聲、屁聲、嬰兒聲

什麼都裝得下
就只想當樹豆族
把Fata'an稱呼部落名
阿美語光復鄉也叫Fata'an
是樹名　部落名
又是鄉鎮名

Fata'an可只是小小豆子啊
就裝進了整座光復鄉！

註：馬太鞍Fata'an是樹名、部落名、阿美語光復鄉也叫Fata'an。

# 籐的天下

## ——壽豐蕃薯寮所見

這博物館
魚簍　揹籃　搖籃
盤子　帽子
全是籐的天下

籐的最大本領就是爬上爬下
如今爬進一耆老坐角落的
雙手中
快速　交叉將籐皮編條
眾人聚攏來

看他如何隨籐忽左忽右忽下忽上
很快爬出一隻揹物籃

他的眼光掃過屋子展場
所有籐子展物無不閃閃發著
森林的光

當他拿起一畫盒來
掀開氣泡墊
看似一截狼牙棒
拇指粗，我退避
他說，莿桐樣的外皮帶刺
可不是竹子
而是鳥也不敢踏的刀尖
爬在樹冠上的原藤
「小心倒鉤刺
刺到　難拔」

他是上樹砍黃籐
再捲起揹回的勇者
偷瞄他手腳　皆傷痕

拿起籐條去刺　剖一半
再剖一半
一直剖片下去
才成細扁的籐片
如今才能飛滿展區

一件上等床蓆得剝下五十根
長長黃籐的皮
是籐的臉和身體
呼吸了森林的幾十年的靜和光
才涼透了我們的夏
韌籐竟如此不可貌相

帶刺的籐像好鬥年少
血氣方剛
如何跟人握手？
去刺，甘心被剖再被剖
方露出軟性
這耐剖
又是怎樣的一種哲學？

圖（左）：〈壽豐原住民文物館——蕃薯寮之藤〉／攝影：夏婉雲
圖（右）：〈壽豐蕃薯寮之藤編〉／攝影：夏婉雲

# 台北見不到的那群人

面貌黝黑
五官深邃
黑溜溜的大眼
花蓮教室裡
有三四成是他們
和我一起蹦跳
歡笑
他們歌喉天生
笑聲比我爽朗

始終繞在我身邊
在野地　彎身採菜

在溪邊　網捕撈魚
和她們在田埂　理菜　烤火
從深山帶回獵物
共同分享
一切自然　天成
是我身體的根和本

初來台北升學
在街道上　走著
才警覺　少了什麼？
上天下地想了好幾遍
才抓住那線頭
是從小在馬路上　操場上
跟我一同走跳的人
都不見了
台北沒有了他們
我身體的一角塌陷了

出生就以為
全台灣都像花蓮
原民和我們應當各半

這轟然撞擊
無法補回
隔了一兩年
仍很彆扭這改變
在街上　猶不時伸頸尋找
有立體輪廓
黑溜大眼
我的同胞

# 北漂來的小學生

數學不交　課本缺角
習本髒得像他的臉
字歪扭　蚯蚓樣爬行
黝黑的臉垂下
大眼是無辜和茫然

那日的陽光不錯
去做個家訪吧
在碧潭橋下河灘地　尋找
屋與屋櫛比的竹屋
鱗次

洪水淹來
黃土之下有電視、椅子、作業本
水管　電線　彎彎如蛇竄

只見他背著妹　劈柴
姊姊趴在床上寫字
阿嬤蹲在門前煮飯
爸爸做模板　提早回來
媽媽說國字也不認得她
以前獵豬　給全族人吃
用不到國語
野菜樹豆隨便摘
用不到算數

月光下　違建也很朦朧
污穢全不見
她說　反正這裡不是花蓮

我返家　抬頭看
台北的月亮確定沒有花蓮
圓

## Cikuwaway
## ——豐濱海蝕洞

海潮衝來
撞去
百萬年的海音
侵出一個個洞
有雲在亂石中
穿過

爺爺的背
也彎如海蝕洞
天天拾海藻　蛤蜊
挖螺　撿貝

用脊背馱著全家

荷著魚簍
他親手用竹條
編折成拱形
日子久了
也有小蝕洞
啃蝕了他的脊椎

我站立海岸洞穴口
聽潮聲
顫慄著
抬眼看
遠處一彎海岸
也彎折成爺爺的
拱背

註：Cikuwaway是過去阿美族耆老指認的豐濱地名，一個像老人彎曲背脊的臨海洞穴。——原民雕塑家陳勇昌言

圖（左）：〈Cikuwaway——豐濱海蝕洞〉／攝影：夏婉雲
圖（右）：〈Cikuwaway——豐濱海蝕洞〉／編製：原民雕塑家陳勇昌；攝影：夏婉雲

# 七腳川勇士歌

守不住隘勇線的
靈魂們紛紛
從傷痕累累的軀殼脫身了
向微明的遠方
朗朗飄升

我的妻　請把這根羽毛
往上托
我的魂已化為鳥魂
隨風而起，在前方指引
你就隨羽毛遠走吧

記得藏好火種和小米
帶好薄被和鍋子
隨羽毛遠走吧
羽毛飄到哪兒
你就落腳那兒

晚風呼嘯
蒼鷺抖索飛翔
我在夜鷹嗡鳴的盯哨中
守著妳　和幼兒

星光依稀
請找乾草安歇
我以蘆葦和月光
抵住狼嚎　猿啼

明早　再明早

請把這根羽毛往上托
繼續隨羽毛走
繼續開墾　繁殖
我的魂將守住妳及家園

此後，我是風，也是雲
我是星星，也是黑夜

註：日治第十二年，日本人不堪太魯閣族人襲擊，採以蕃治蕃，沿山腳築隘勇線，從木瓜溪直至太魯閣口，雇七腳川阿美族人守之，隘勇冒危險，發薪水卻減少，以為是遭日警剝削，群起抗之，不敵。遭屠村、遷徙，懲罰最遠至台東鹿野；七腳川社亡族五十年，此為七腳川事件。

〈七腳川勇士歌〉（七腳川事件紀念碑）／攝影：夏婉雲

# 走在親不知子斷崖

那日
背簍背起娃
上山種紅薯
沿山壁小腸窄路
抓崖側走

夫在此採黃藤
我原也住部落
為團聚　尋夫　千里
來古道
無水無友
有猴有蛇

貼行陡峭
如踏走刀尖
忽而，大雨來襲
刷衝斷崖
海風如巨手猛然來抓
腳下是大洋翻浪

土石望風披靡
時間和心臟狂跳不前
落石不停霹靂
只有蹲伏等大雨過
汗雨和驚恐齊下
但我可以隱身嗎？
峻險海風不回應

等僥倖腳踏平地

轉簍卸兒
咦！兒不見

循線回找
不見蹤跡
向山崖再尋覓　仍不見

我跪地　雨中
嘶喊在深山裡的夫
他不應，只有巨風
嘻笑回答
海浪　狂嘯鳴壁

百年後
我來這傳世的
斷腸崖
走在強化玻璃鋪就的

天空步道
透視陡峭的刀尖在腳下
大風仍在我耳邊嬉戲
太平洋　撞壁衝嘯
浪花掀天

嗚嗚低嗚的
是嬰靈嗎
在我四周峭壁間
久久溜轉
不去

註：豐濱空中廊道，阿美族古地名：「親不知子海上古道」；清朝時，傳聞斷崖過於驚險，阿美族妻背子穿過古道耕作，連娃溜下背簍具不知。

〈走在親不知子斷崖〉／攝影：夏婉雲

# 信仰之母

## ——太魯閣族・姬望教堂

跪在聖像前　望妳
妳冷峻的眼神
如立霧溪正午的水光
我無法逼視

百年前
妳是使者
是族人與日人的協調者

丈夫不忠　妳刺
也刺向自己　投河的心

放下　再放下
開始尋找我是誰
遠赴淡水求學
習字　讀聖經

再歸來　以知識踏遍部落
用信仰做領頭羊
變成麥子
埋在土裡
結實飽滿

我走下坑坑巴巴
凹凹石洞　祕密所
芒草遮蔽了日警
也遮蔽禱告聲

我跪在石洞　禱告
望妳
妳的眼神　冷峻
耳間似乎響起峽谷隆聲
周圍凝滯的大地
開始迸裂

風聲　高音刺破時間
烏鴉聲　嘎然而止

註：姬望是太魯閣族第一位受洗的基督徒，她的宣教影響了不少族人。位於花蓮秀林鄉太魯閣的姬望教會已慶九十週年，教會左側的石洞，是日據時的祕密教會。

圖（左）：〈太魯閣族姬望教堂山洞〉／攝影：夏婉雲
圖（右）：〈信仰之母——在太魯閣族姬望教堂〉／攝影：夏婉雲

# 輯三

## 日光的厚禮
## ——那山那海篇

我遮著眼　跑去台北升學了
他卻追到夢裡來
站成　壁立千仞
立在我床前

# 中央山脈

呵雲吐氣時
他的模樣
是霸氣的魯智深
力扛千斤
倒拔楊柳

颳大風　大霧時
他是鐵牛李逵
一副盤古開天樣
旋轉了天又似擎起了地
遠方　村子東邊天空

被他遮掉一大半
一副不服它管啦的氣勢

天晴時架式似武松
常招手要我去他腳前報到
要不就涎皮賴臉
根本不讓人隨便　離開他
管轄視線

掩面　不想見
武松卻站在我窗前遠方
張望我
操場跑到東或西
他總俠客狀　在身後
跟我繞圈

我遮著眼　跑去台北升學了
他卻追到夢裡來
站成　壁立千仞
立在我床前
鏡裡　腦後
修煉成一副
莊嚴法相
宛似千年大羅漢

某夜我竟不自主
張開雙翅
化做鵬鳥一隻
盤旋飛翔
末了，竟落坐
他頭冠上去了

〈中央山脈〉／攝影：夏婉雲

# 窺見那座山

山挺立
遠遠在教室前方
平日，二條土石河
懸於青山中

大雨
土石河增為三五條
雨歇
徐徐回復二條

山揭開　幃幕
又闔上

這戲，沒人看見
全球　只有我窺伺到

山的把戲
開闔一瞬
我樂此
不疲

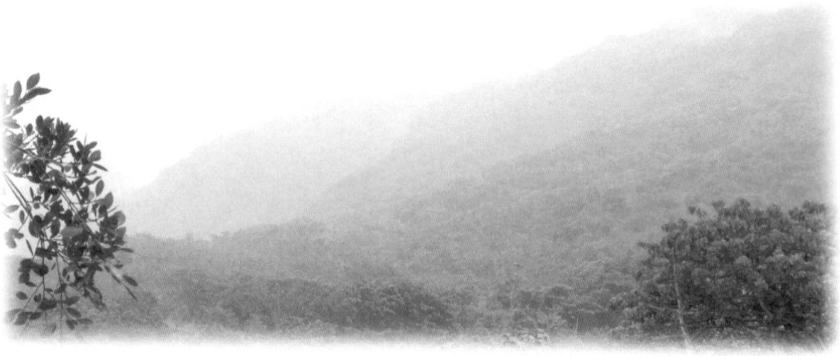

〈窺見那座山〉／攝影：夏婉雲

# 外星人來花東線

晨光　穿過雲隙
把光耀
一大把一大把灑下
毫不吝嗇地灑

沒有人發現
有外星人的飛船披著
隱藏傘
藏在雲影間
正緩緩巡弋
見近處
　平疇綠野

　黛綠遠山
水田上整片的光
迷漾　濛濛
來自海的霧
正一大隊伍淋下
伸手想抓
卻軟軟白棉
好滑

普悠瑪號適巧駛入其中
只見車身忽紅忽白
切過高山　穿過縱谷
穿過水田　奔馳在
虛幻水田倒影中

外星人沿著花東縱谷
早就巡邏了

一百公里
大喊＊＃＆＠＄
意思是台灣這麼美
攻擊破壞　可惜了
就轉頭回府
準備來移民了

〈外星人來花東線〉（富里鄉）／攝影：黃義欽

# 稻禾之舞

在一片稻田中
劃出水玻璃舞台
高手在翻滾　跳躍　搖盪
搖出稻禾風中　晃來盪去的美

一株最高挺的稻禾
昂首想起　農夫在耕田
另一株想起自己是秧寶寶
綠油油的青苗正抽長
後來戀愛　婚配　開花
稻禾們都很興奮
紛紛想起

稻的一生　是風的旋舞曲
隨之拉起鄰伴
用力翻浪　起舞

一萬株稻禾　隨之都想起了
一聲令下
一起舞浪
舞出幾百米的稻浪
順道邀請
飄過來的白雲　助興
白雲　拉出青山
青山　拉出遠處
天的湛藍

那一年
所有縱谷的稻穗

興高彩烈
株株結實　飽滿

〈稻禾之舞〉／攝影：黃義欽

# 豎的與橫的彩繪

偏鄉小村落的教堂
在山邊在田間在溪旁
它們的彩繪玻璃
從西方移來
表演在牆上窗上
小玻璃　紅一塊
綠一塊　藍一塊
貼得很高很豔麗

花東縱谷的水田
也愛在平疇表演彩繪
翠綠水光　鑲嵌了

大片大片玻璃
是深綠　淺綠
然後翠黃　綠黃　土黃
這玻璃　一鋪就亮了幾百里

上天的調色盤
從來都只選暖色的呢

〈豎的與橫的彩繪〉／攝影：黃義欽

# 日光的厚禮

淡淡時　霧是紗帳
太陽謙虛地現身一下
並不想亮透
等到濃厚的霧來了
潑墨似的濃稠
漫天的潑
整片地灑
大霧是縱谷放蕩的畫家
山山水水都成了抽象畫

太陽躲避不及
只得躲在黑緞中

偶爾迸裂出
一條條紋痕
劍刺一樣從雲端由霧後
一劍劍刺入
有時輪盤樣旋開
晶晶耀眼

他躲在大霧中喊：
看啊！
這是送給你們的
最光華的禮物

〈日光的厚禮〉／攝影：黃義欽

# 造山的祕密
## ——從清水斷崖看這座島

扭曲著身
清水斷崖
裂開一大片傷口
給太平洋看
也裂開了中央山脈
造山的祕密

台灣的身體造歪了
駝著背
西大　東小
台灣成了脊椎側彎

當山的脊椎往東竄
傷心地
一直竄到盡頭
又累又渴

清水山只好扭著身
把腳伸到太平洋裡
泡泡
魚過來給山的腳丫
按摩
從小趾頭搔到小腿肚

大山躺下來
在藍天下
睡著了

〈從清水斷崖看台灣這座島〉／攝影：林茂耀

# 楓林步道登亭
## ——吉安所見

坐在亭子
眼前諸山連綿而至
白日雲　湧動恢宏
若群雄蟠踞
黃昏霧　塗抹蒼茫
如群英拱袖

孔子山端坐前方
隔鄰閒閒，是莊子山
後方的屈原山姍姍由白雲送來

朱熹山於其旁肅然正坐
更遠處有李白山舉壺邀飲

一到晚上　他們坐著一朵朵雲
都飄進小亭
煮茶，用步道上鋪的松針
彈琴，以燈光編的七弦
看！蘇老泉在棋盤上
大戰陶淵明　雲中有彤光
羅貫中正雄辯著司馬懿
山中似有積雪

在這交匯的亭裡
亙古的河山波湧地流

註：修改自本人〈登不厭亭〉，詩登刊聯副二〇一三年十二月二十七日。

# 石梯坪海上尋鯨

站在船板　整天
祈禱　求神喚鯨跳起
鯨總是潛伏不出
像巨大的潛意識
暗湧　沉　伏

夜裡　鯨來入夢
以濕漉漉　長尾
拍我窗戶
出來探海

我開窗，眼前是
不清楚的海洋
不清楚的黑鯨
我大膽閉眼
跳出窗戶
我就是騎鯨少女了

在鯨背上
長髮飄揚
馳騁　闖蕩
急馳
海面上　星空下
風中有個
黑鯨奇緣

註：豐濱、石梯坪海港是海上尋鯨原始點，尋鯨率最高。

〈石梯坪海上尋鯨〉／攝影：夏婉雲

# 縱谷坡上偶遇羊群

山坡上
群羊
嚼草後
靜靜，往上爬

遠遠，白白一團
慢慢，挪動
移到山頂不見了
肯定是下到那頭了

等牠靜靜
挪出

從山頂走下來
白白綿綿
不——
是白雲一團
飄出

〈縱谷坡上偶遇羊群〉／攝影：黃義欽

# 舞鶴茶

靄靄茶樹
是一群神仙
駝彎著腰
霧中靜靜修行

煩惱凝成珠　葉尖滴落
心事化成煙　枝椏間游出

要泡茶了
吐出來
全是清香
茶葉攤開手

又朦朧
在霧煙中

註：舞鶴台地，依高聳的中央山脈，隨風拂來秀姑巒溪與紅葉溪的濕水氣，氣候宜種茶，自古舞鶴紅茶聞名。如今，瑞穗的「蜜香紅茶」，是經由小綠葉蟬叮咬過烘焙而成，散發天然的蜜香甜味，稱之為「著涎」（閩南語）。

〈舞鶴茶〉／攝影：黃義欽

# 輯四

# 老屋在海裡
## ——童年少女篇

嘬起嘴
吐出「花」字
花謝　嘴閉
合成「蓮」

# 花蓮

噘起嘴
吐出「花」字

氣聲徐徐
散熱
花謝
嘴閉　合成「蓮」

看顧家鄉的海
迷迷濛濛
席捲所有的夢

自遠遠天地線
洄瀾捲來

〈花蓮〉／攝影：夏婉雲

# 洄瀾海

站在美崙山上
它沉靜
如一大塊靛藍布

立在花女樓頂
它凶猛　豎起
滾翻如一頭
獸

海岸白浪
抽出一條鞭
猛力揮高

抽打我
久遠的年少

〈洄瀾海〉／攝影：黃義欽

# 童年的銀絲帶

窩在父親的車桿前
鬍渣　渣我
咯咯，車輪騎過中山路
老人拉月琴　喔伊嘿——
喔伊嘿呀——

歌聲荒涼
月色透明
轉動的車輪
把琴聲、輪聲
蟲聲

踩成一條
伸入童年的　銀絲帶

〈童年的銀絲帶〉／攝影：黃義欽

# 暮色美崙

滿山遍野
綠蓮花葉
矮矮鋪在腳邊　花工路旁
媽媽攔我　低頭挖摘
採回包餃子

那是薺菜
瞇眼　都是蓮樣的童年
沿山坡　生出一朵朵

暮色圍過來
像薺菜包起我

包捲起回憶

張口時
就像吃了春天
一嘴鮮香

# 春芽

山坡上
每粒種籽都施放
破殼小炮

嗶嗶剝剝的聲音
蜜蜂聽到了
在一千個音符裡穿梭
春神聽到了
拉起，每隻剛發芽的
耳尖

註：本詩登刊聯副二〇一三年四月三日。

# 那條被香茅草割傷的小徑

那時它們比我還高
蘆葦草似的
葉鞘鱗片
邊緣粗糙
常割傷我們奔跑的
小徑

感冒了
奶奶割來一大把
煮出一屋子濃洌檸檬香
我緩緩躺入浴桶
游成一條香魚

鄰村人家
縮一座田於一瓶瓶精油
在台北開瓶
像把家鄉滴在浴缸裡
漂洗　經絡
如水草　桑拿在美崙溪
筋骨疏鬆如回太一

白茫迷霧中
重入復興村，隨群童，
翻飛　在香茅草中

# 老屋在海裡

我們都不語
站海邊
記憶撲了空
雖早說了
家園已在波濤下
得見時淚光還是隨海浪
翻滾
昔年漁屋的腥味
在心中湧出
夢是鹽味編織的
小小一座城

我曾慨嘆的牢寵
擁擠的童年
然而，雛鳥飛離
最叩連的，仍是竹籬笆

望著滾浪的海
一下午我們都不語

〈老屋在海裡〉／攝影：夏婉雲

# 那年代的鬍渣

## ——憶防校眷村

我白嫩小手指
常伸進父親手裡
伸進叔伯手裡
到各家體會叔姨
手的皺紋和蒼老
聽講當年各省
逃亂的憂傷
故事迷人地旋繞
錯綜如大人指紋

四十年後
叔伯阿姨們早入了土
村子也入土了
刨開　夷平
長草　荒蕪
不餘一磚瓦

五十年後
原地長出了公園
我以腳丈量
又丈量，公園那麼小
又窄
當年容得下
五十戶人家起居
上廁和入廚？

容得下雞飛
和狗跳？
容得下上百個屁孩
遊戲、打架
並一起喊叫？

圖（上）：〈有飛彈模型的防空學校大門〉（出自花蓮空小紀念冊）／翻拍：夏婉雲

圖（左）：〈憶防校眷村——眷村變公園〉／攝影：夏婉雲

# 從一首歌裡飛出

——花女甩花棒所見

少女走在樂隊前方
當她把手中的花棒
甩向半空中
樂隊便熱烈地演奏起來

像一顆音符
從一首歌裡飛出

少女向前走兩步
又把那音符
輕鬆地接了回來

〈花女・甩花棒〉（出自民國五十五年花女畢業紀念冊）／翻拍：夏婉雲

# 花師聞笛

夜臨時
從女舍走到教室
只為了學長笛聲
可以繞耳三圈

他持笛向著長廊
蒼穹
低低訴說

七星潭畔
星子也低頭
音符裡有當年

師專男的神勇
和心傷

長廊身影裡
纏著幾十粒音符
四十年
仍在我皮層下
穿越
嗚咽

〈花師聞笛・五守樓〉（出自民國六十年花師畢業紀念冊）／翻拍：夏婉雲

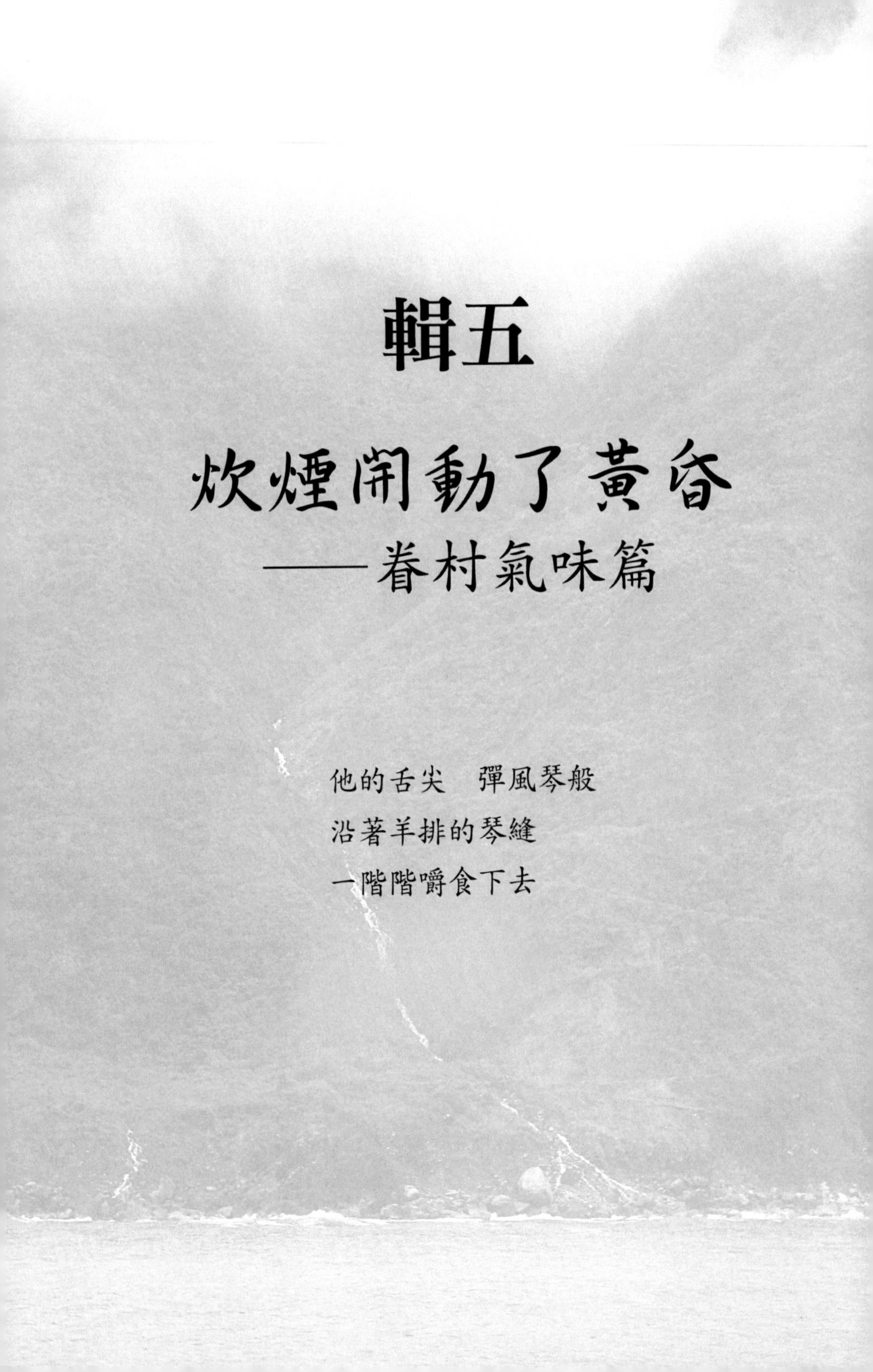

# 輯五

## 炊煙鬧動了黃昏

## ——眷村氣味篇

他的舌尖　彈風琴般
沿著羊排的琴縫
一階階嚼食下去

# 天空有盤大雜燴

竹籬笆的炊煙
是摸不著的獨門氣味
開動　眷村的黃昏

東家廚房
滾來　麻辣味
西家廚房　湧出嗆燒味
風把我家竹筍味
呼嚕到村尾
又把起鍋的
饅頭香
風出門

氣味都長了羽翅
衝來撞去
黃昏捏揉了半晌
在天空炒出一盤
五湖四海的
大雜燴

# 花蓮港裡的海屋

四歲，小漁港
陽光烤著魚的內臟
蒼蠅吮著血，打死不放
蚊蚋終日嗡嗡舔

路邊魚頭曬了數日
一雙大眼睜著
越曬越凸
魚腥味，隨浪潮
傳進夜裡

花蓮港擴建
家屋淹沒海底
只剩泡沫
留下不變的魚腥味
薰進夢的底片上

數十年後
坐在原地海邊
尋找老家海葬的方向
海風吹動
一陣睜眼魚頭腥味
又湧來

所有海風
都有魚腥味
沒魚腥味能叫海風嗎？

# 眷村薰出的黃昏

中午　家家都抬回減價的肉
媽媽把一大盆肉片調了味
把肉灌進肥肥豬腸裡
像我們玩泥巴塞酒瓶
白繩記號是加豆腐
紅繩是辣味的　綠繩是紅麴的

每天一竿竿扛去曬
是我的功課
汪汪跟著
口水滴了一個月

下午是大晴天
爸爸捲起袖
在空地上表演薰臘肉
竹籠裡掛著
一排魚、一排雞腿
下面用甘蔗皮悶燒

爸爸很神氣
是孩子的英雄
煙大
我們躲藏　淚流

只有他不怕煙
瞇著眼說：
甘蔗薰的有香甜味
明年換松枝
松香肉，從過年香到清明

燻黑眼
算什麼？

太陽被薰成黃昏了
躲到烏雲後
瞇一隻眼看

# 羊排的琴鍵

羊排咕滋滋
在火架上作響
烤醬深褐的油
乖順、慢滴滴　落烤盤
節奏像自由落體的小彈珠

父親常坐在後院　烤架旁
烤羊肋骨
醬汁遊完了　幾圈花式溜冰
他的舌尖　彈風琴般
沿著羊排的琴縫

一階階
一路嚼食下去

不久堆骨成山
像我腦海中堆疊的
關於生前他的記憶
清晰如羊排的
鍵盤

註：1.本詩登於乾坤詩刊一〇〇期，秋季號，二〇二一年十月三十日。
2.先父晚年一度旅居美國加州，亦享美式BBQ。

# 高空飛筷

隔壁男生
把便當肉　悄悄塞來
我輕飄謝意
眼角春風

媽的獎勵品
是做一道我的最愛
亮在姐弟前
只我，啃著雞腿
那隻雞也沾了光
雀雀自喜

哥看到菜裡　露出丁點肉色
鑽地虎　夾出
姐一招　隔山打虎
化解弟　劈來　棒勢
我不參戰

住校一起吃飯
還是會　高空飛筷
同學狠心
一桌　全不來食
留我一人　吃全席
次日，用意念扣住
手

關於吃飯的記憶
餐桌上　我們不斷傳誦

〈高空飛筷〉（花蓮的眷村）／攝影：夏婉雲

# 藏在便當裡的味道

值日生　抬回飯盒
教室中我坐了十分鐘
遲遲不想開飯盒

媽把眷糧黃豆
泡三天
蒸熟
鋪在草蓆上　發酵
長　菌絲
豆豉似納豆
有人說臭，有人說香

教室六十人
我只好當摳門賊
摳出一點飯、一點豆
再多開一點縫
鄰近人　裝著沒聞到
但遠處有人說臭

導師巡到我前面，說：
換別的，沒營養！
老師沒看到下方
麵粉加半個散蛋　煎
另一半蛋在姐姐飯盒

我們回家都沒說
只能　每天
蓋蓋　藏藏

# 童年的外衣

端午　蒸粽
一掀開蓋
滿室竹葉香
像葉子飛到你鼻尖
搧風

我把頭埋入蒸籠
像埋入山中竹林
聞香
直到髮浸濕且冒煙

遭罵也不管
只想著我在竹林中
飄飄飛舞
舞掉沒衣沒鞋的童年

撥開粽子外衣
伸出舌　舔
黏米　肥肉
也在舌尖舞
嚼幾下竹葉
喔，真香

竹葉香
我童年看不見的外衣

# 輯六

## 船帆搖擺
## ——花蓮人懷想篇

彷若孤寂的地標
等你前來書寫它的模樣

# 正在掉落的桐花

桐花沿著山稜踏青
無數小腳印踩白了山頭
巴士中
我扶出八十歲父親　與其他老人們
加入輪椅隊伍
魚貫地　推進花白的世界

雪的盛會裡
推過來中風的　推過去插鼻胃管的
流口水的　低頭的
像野百合雜生　一枝枝垂頭在路旁
山坡上站著兩棵紫葉槭

冷眼望著　暮春中有煙霧迷茫
是上天快開完的一場急行雪嗎？
父親以前是急行軍
此時不講話　扭著身　皺著臉
他望向天
上天也無言

一小孩嬉哈哈
跑進我們視線
側著臉　好奇看
父親彎身　伸手
摸了一下娃　像摸到我的童年
又撿起快溶入腿上的桐花
細細把玩
花心紅泣血　黃蕊染淡幽

這是上帝也一眼看不完的雪花宴
偶有一朵
自樹巔旋轉而下　落地似乎嗒一聲
不知父親聽到什麼聲音
他側耳　像正在傾聽
滿地凋萎的急行軍

我推著父親
與一群輪椅們　離開雪的盛會
只見桐花越過山稜踏過暮春
小小腳印急行前來
踩白了輪椅隊伍
一尊尊老人
宛如山頭的歲月

註：本詩得第六屆新北市文學獎黃金組佳作，並登刊聯副二〇一六年十一月十一日。

# 父親的陂塘

父親身上放著枴杖
我推著他
漫步在村子小巷裡
望見圍籬站滿杜鵑和芍藥
以醉癡之姿，向我們揮手
呼嘯而過的，是小娃三輪車

下來走幾步吧！
父親拄到張家的芭樂樹前
佇立
這棵野芭樂七十歲了

我摸摸樹膚　立刻花片般掉落
父親枴杖是它做的

輪椅推到陂塘邊，醡醬草裡
恬淡淡吐出紫蝴蝶　黃蝴蝶
一人在拋長線釣魚
塘水滿漲，未經父親同意
清楚映出父親削骨的身子
　　寬大的褲管
也不給面子
立刻映出輪椅和枴杖

父親說當年來台灣
陂塘的寧靜，七十年來
一直是他的守護神
推他到一棵苦楝下
也說挺姿如湖北埤塘前的那棵棗樹

瘦稜稜的立在風中
好像埤塘裡，映藏著父親兩個世界

父親問：「從前花蓮有千口，現剩多少？」
他眼中曾有千口塘水的倒影
明珠般串連各鄉鎮
卻凋零如村中老兵
父親看著它們一一淤積
恰如父親腦中記憶片片堵塞　失守

埤塘也倒影過我的童年
和少年，與父親共藏過
春冬夏秋不同陽光的色澤
共藏過埤塘放水、曬池
大人拉繂網魚、小孩混水玩魚的年歲

現在遠處塘邊，一隻白鷺正縮頭
沉思著晚春
塘水裡靜靜移動一抹雲
父親虛弱地抬頭
迷矇矇望向天
而天不言

註：1.〈父親的陂塘〉得二〇一五鍾肇政文學獎新詩佳作，二〇一五年十一月十七日。本詩為修定稿。
2.大陂位在光復鄉的馬太鞍溪旁，早期是大陂塘，整治後風景極美。

〈父親的陂塘〉／攝影：黃義欽

# 船帆搖擺四帖

## （一）地標

彷若孤寂的
地標

等你前來

書寫它真正的
模樣

## （二）眼眸

我的眼　璀璨如星
因，眼裡
只有你。

而你
是收納好手
看盡芳華

從不說一聲　美

## （三）一張畫

道盡相遇始末
我在畫中看你

逕自演一齣
沒有主角的
戲碼

（四）為你

我藏了一顆珍珠
在海底
這冒險多新意

請深潛

# 狩楓

楓葉是活跳的紅栗地鼠
從每個秋之地洞，紛紛鑽出
全日本彎身，守在眾家小洞
屏息，稍不留神
即怕遁跡

牠探出頭，冒險爬上樹幹
咕嚕嚕轉珠
張望　爬滑
瞬間躍跳
金閣寺、光明寺都潑灑了
橙　黃　紫

再回頭　翻身
又掃射到滿園的眼睛
連我，帶來的台北秋
也一起竄紅

註：本詩登刊聯副二〇一七年十一月二十五日。

〈狩楓〉／攝影：夏婉雲

# 車輪長出的雛菊

銅門登山
草叢中
一小腳踏車
半埋路旁

日烤　雨淹
左扶手　躲入野芒
右扶手　黃土伸出
招呼

車輪中　升起一朵雛菊
黃豔豔

微風中說：嗨！

久遠的
隱藏的歡樂
像微微的花香緩緩　釋放

童年是一甕酒
埋地四十年
和老友爬山
竟自破舊　車輪中
溢出

# 孫想四帖

## （一）小哲人

一頭小犢立在江邊
雙眸有光
映著水的暮雲
皺眉有痕摺
看著漂泊的天空

牠那眼眸閃著的小火
時時燃點我
虛茫的足跡
有了定位

## （二）香火

窗外喬木萎凋
爺爺在牆上瞇笑

他去了何方？
低頭，孫兒搭起
雄武積木

爺爺的威儀
在小戰車裡

## （三）騎木馬

孫兒跨上木馬
踢躂到我夢裡
送上一朵微笑

我也手持韁繩
鞭策胯下一騎
吆呼吆呼到外婆家
送上一抹芳草

## （四）屋小・心大

沙漠的孩童
光著下身騎草馬
踢踢躂躂殺到綠洲
低頭喝水

曠野的孩童
揮舞長鞭
嗨喲嗨喲
在世界最寬的樂園　吶喊

註：本詩登刊聯副二〇一六年十月三十日，並入選《二〇一七台灣年度詩選》。

# 後記：遠方不遠

夏婉雲

花蓮是遠方，遠方從來不遠。花蓮，是我童稚夢的底片、少女夢的巢穴、壯年時支撐夢想的翅翼、老年時探索我之為我之源。

本書取名《頑石也點頭——別樣花蓮》是表示花蓮之特別，盼望讀者能隨我飛越太平洋上空，穿梭在花東縱谷、海岸，回到舊日時光，體會別樣花蓮之美。「別樣」，有二意：一是不同尋常，特別。另一是特別的花蓮、另一種花蓮，連頑石或頑固之人也要點頭叫好的花蓮。

慶幸三至十五歲是在鄉下吉安長大，讓我走在路上、求學時皆見到三分之一的阿美族人，慶幸與他（她）們為友為伴為鄰。中年之後在台北，始知往昔吉安鄉叫吉野村，為何日據時期挑選吉野村作首個移民村？在高山阻擋的後山，殖民總督為何積極的執行五年理番政策？絕非只為宣示一統而高壓；為何發動當地人群力修北埔飛機場、花東鐵路、海岸公路、建花蓮大港口，原來是圖謀太魯閣地區龐大的自然資源，為樟腦事業、開採金沙（開挖多年後，評估立霧溪含金量太少，開挖困難）。再往前推，吉野村移民開墾的大片土地哪來的？原來我腳下的吉安鄉有三分之二的土地是七腳川社的，被戰爭掠奪去，就在我足下發生了悲慘的「七腳川事件」，我整理事件經過，大致如下：

> 日據後，台灣人各地仍點燃烽火、頑強抵抗，採以蕃治蕃、先懷柔後壓制政策，但還是發生「新城事件」、「威里事件」；日治到第十二年，日本人不堪太魯閣族人強悍，從木瓜溪直至太魯閣口，沿山腳築通電隘勇線（先修建發電廠），雇七腳川阿美族人守之，隘勇警戒防守，薪水卻減少，以為是遭日警剝削，群起抗之，一千五百人對數萬日軍，三月後不敵、犧牲兩百人。遭燒村、奪物、遷村，最遠徙至台東鹿野，七腳川社遂亡族五十年。

這也是「灣生」的起源，七腳川事件後，為阻止太魯閣族，通電隘勇線增至四條，最終還是發生悲慘的「太魯閣戰爭」，日軍從埔里、新城等四個方向圍剿，日艦從海上砲擊，連日本總督都墜崖傷逝，太魯閣族人被迫徒步遷村至山下平地，（這也使我寫出〈信仰之母——太魯閣族・姬望教堂〉一詩）我在歷史中刨根，可歌可泣的戰爭在曩昔風中哭泣。

七腳川社有十三社隱姓埋名、流亡五十年，一百年後的今日開始復振文化，五大社年輕人有作祭歌的、有作系譜串連尋跡的、有作遷徙路線的、有作頭飾羽冠的復振，十三族每兩年老老少少必回到吉安國中聚首。七腳川有一族被迫遷到壽豐鄉光榮部落，我特別到壽豐的光榮部落去參觀「原住民博物館」。找到那邊熱心的張主任，她導覽二樓展覽的魚簍、揹籃、搖籃……等等，它們全是籐條編的天下。她跟我說三歲時，曾跟爸媽住在蕃薯寮工寮去抽黃籐，爸爸抽黃藤需爬山涉水，危險異常；她說時眼睛泛光，我對原民的愛更加深一層，我把這光帶回台北寫成了〈爬藤〉小品文得到後山文學獎的首獎。才離不遠的歷史一經描繪，就有了人情和汗淚；花蓮，因而厚實的立起來。

從小就和阿美族朋友、同學在野地彎身採菜、在溪邊網捕撈魚，共享豬肉，他們是我身體的一部分。二十歲來台北，看不到他們，我身體一角就塌陷了，因而第二輯寫了九篇原住民，寫出〈窮人的肉〉、〈Cikuwaway——海蝕洞〉、〈走在親不知子斷崖〉、〈北漂來的小學生〉等。

和原民一樣有深厚感情的是中央山脈，它永遠綿延的守在花蓮人的旁邊，這是居住在別的城市沒有的。第三輯寫「那山那海」八篇，開頭二首就寫了〈中央山脈〉、〈窺見那座山〉。花東縱谷是我二十多歲以來常去拜訪之地，坐火車、開車到壽豐、鳳林、光復、玉里、瑞穗等。我著迷於縱谷的陽光、稻浪的波動，因而寫下〈日光的厚禮〉、〈豎的與橫的彩繪〉、〈外星人來花東線〉、〈稻禾之舞〉這些讚嘆詩。陪我長大的尚有太平洋海岸，從小看到花蓮海岸遠得如藍布般沉靜，又近得如猛獸滾翻，因而寫出〈花蓮〉、〈洄瀾海〉、〈石梯坪海上尋鯨〉等詩。

兩歲隨父親由屏東來花蓮，甫從幹校畢業的少尉軍官調來防空學校，分不到住房，只能忍痛花十塊大洋頂下營區改成的眷舍，後來花蓮港要擴建，這六戶人的漁村眷村被淹到海裡，我永遠記得日夜聞到的魚腥味，隨著蒼蠅飛動，壓過了所有食物氣味。於是寫下了〈老屋在海裡〉、〈花蓮港裡的海屋〉的回憶詩。

住了一年，有機會搬到吉安防校對面的的東村，沒了魚腥味的東村，變成熱鬧雜沓的眷村味。這才是真正眷村生活的開始，近二十戶人家一起煮飯、打井水。於是我寫下輯四「童年少女篇」九篇，〈那年代的髫渣〉、〈那條被香茅草割傷的小徑〉、〈春芽〉是童稚生活；〈從一首歌裡飛出〉、〈花師聞笛〉是少女生活的兩篇。

輯五「炊煙開動了黃昏——眷村氣味篇」，全寫眷村食物的氣味，如：〈天空有盤大雜燴〉、〈眷村薰出的黃昏〉、〈羊排的琴鍵〉。〈藏在便當裡的味道〉、〈童年的外衣〉、〈高空飛筷〉寫出當年台灣眷村的貧寒。

八七水災之後我們再搬到吉安新蓋好的四十戶復興村，家中已有四個小孩，我讀小五，生活更豐富了，我會看到伯伯家有《錦繡河山》這本大書，裡面都是中國大陸的圖片，小小的心靈才知道，除了花蓮、台灣還有大陸，也讀出眷村伯伯們的思鄉情。於是寫下輯六「花蓮人懷想篇」的〈正在掉落的桐花〉、〈父親的陂塘〉以及〈船帆搖擺〉四首少女懷春詩。

我速寫了花蓮眷村、部落、山海風光，花蓮有許多人文地景，輯一「花蓮人文篇」即是。在為數眾多的懷舊詩作外，須文蔚教授評論說：「她絕非一般的遊客，其足跡深入鄉間，簡直是一本另類的文學行旅地圖。其中〈參道盡頭——豐田村神社的今日〉寫碧蓮寺，就可以作為見證，看似寫景之作，其實也傾吐了作者後殖民主義的反思？」。〈頑石點頭〉寫某寺廟、餘寫東華大學、城隍廟、松園、南埔機場、美崙山、鯉魚潭等。

提及花蓮故鄉，總想起詩人周夢蝶在〈積雨的日子〉膾炙人口的詩句：「有三個整整的秋天那麼大的／一片落葉／打在我的肩上，說：『我是你的。我帶我的生生世世來為你遮雨！』」周公在樹下躲雨，感恩自然的照拂；花東縱谷、大海自來都照應人，部落自然、動植物本能、居民友善，全然的舒坦。在在令人讚嘆、稱謝。

須文蔚教授在花蓮東華大學執教長達二十年，最適宜寫此序；感謝好友葉莎詩人為我細評，他們的評論使詩倍增光彩；高齡九十二歲的業師楊老師昌年對我的肯定，詩人蕭蕭老師、向陽老師首肯寫推薦語。承蒙名師指點，使我在詩路上更有信心奔進。並謹向花蓮縣文化局經費贊助致謝、評審委員的大力支持，以及秀威資訊的協助出版、特別感謝自然與生態攝影家黃義欽先生提供了大量的花蓮照片，使本詩集生色不少。

出詩集是在審視自己，對過往的整理，也是迎向未來的開端。

語言文學類　PG2649　秀詩人89

# 頑石也點頭——別樣花蓮

作　　者／夏婉雲
責任編輯／石書豪
圖文排版／蔡忠翰
封面設計／王嵩賀

發 行 人／宋政坤
法律顧問／毛國樑　律師
出版發行／秀威資訊科技股份有限公司
114台北市內湖區瑞光路76巷65號1樓
電話：+886-2-2796-3638　傳真：+886-2-2796-1377
http://www.showwe.com.tw
劃撥帳號／19563868　戶名：秀威資訊科技股份有限公司
讀者服務信箱：service@showwe.com.tw
展售門市／國家書店（松江門市）
104台北市中山區松江路209號1樓
電話：+886-2-2518-0207　傳真：+886-2-2518-0778
網路訂購／秀威網路書店：https://store.showwe.tw
國家網路書店：https://www.govbooks.com.tw

**本出版品獲花蓮縣文化局補助**
**指導單位：花蓮縣政府**

2021年10月　BOD一版
定價：360元

國家圖書館出版品預行編目

頑石也點頭——別樣花蓮 / 夏婉雲作. -- 一版.
-- 臺北市 : 秀威資訊科技股份有限公司,
2021.10
面； 公分. -- (語言文學類 ; PG2649)
(秀詩人 ; 89)
BOD版
ISBN 978-986-326-967-0(平裝)

863.51 110014553